AF357113

DISCOVRS VERITABLE ET TRES-PITEVX, DE L'INONDATION ET DEBOR-

dement de Mer, suruenu en six diuerses Prouinces d'Angleterre, sur la fin de Ianuier passé, 1607.

Où plusieurs villes, hommes, femmes & enfans sont peris, auec degast & dommage irreparable de tout le pays.

Pris sur la copie imprimée à Londres, & mis en François par A. F. Lyonnois.

Nisi signa & prodigia videritis non credetis.

A PARIS,

Par FLEVRY BOVRRIQVANT, au mont S.
Hilaire, pres le puits Certain.

M. DCVII.

(42

AV LECTEVR.

'AY trouué ceste curiosité digne de ton occupation: Ce sont des nouuelles, non de la guerre de Flandres, ny du different de Venise, ny des terres Neuues, ny de l'armée du Turc, ains de la guerre entre Dieu & les hommes, ou (pour mieux dire) leurs pechez. Il commence en Angleterre, comme sur les frontieres: Faisons de bonne heure composition sans attendre ses forces, car tu peux veoir par ce commencement (Lecteur) qu'elles sont trop grādes, pour penser à y resister. Si tu es curieux, arreste tes yeux sur ceste nouuelle, où tu trouueras de l'estonnement: c'est aussi vn coup de la main de ce grand Dieu de merueilles; les eaux (si tu l'as iamais remarqué) en ont presque tousiours esté le subject; l'induction en seroit trop longue. Si curieusement tu recours l'vn & l'autre Testament, les histoires prophanes, & les merueilles de nature, ce seul element te fournira plus d'esbahissement, que tous les autres ensemble. Or pense, si Dieu luy donnoit libre carriere, quelle course il prendroit, puis qu'au moindre relasche il s'eslance si debordément; comme on l'a veu ces mois passez, en six diuerses Prouinces d'Angleter-

re escheller ses rampars, courir la câpagne, moisson-
ner les forests, rauager les troupeaux, butiner les
biens, terrasser les villes, depeupler le païs, & en
vn moment remplir d'horreur & desolation tous
les lieux de son arriuée. I'ay voulu communiquer à
la France les particularitez de ceste tant prodi-
gieuse inondation, m'estant tombé en main vne copie & description d'icelle imprimée à Londres en
langue Angloise, laquelle i'ay tasché de rendre en
François, voyant qu'autre ne tenoit compte d'vne
chose si remarquable. Passe donc (Lecteur) au Discours suiuant, où ie te conuie d'estre curieux spe-
ctateur d'vne lamentable tragedie representée sur
le theatre mobile des eaux,

Ludit in humanis diuina potentia rebus.

DISCOVRS VERITABLE

ET TRES-PITEVX, DV
debordement de mer, ſurue-
nu en ſix diuerſes Prouinces
d'Angleterre, ſur la fin de Ianuier paſſé de la preſente année
1607.

L'inondation de Summerſet-shire.

EN Ianuier paſſé enui-
ron ſur la fin du mois la
mer aſſiſtée des vents
vint à hurter de rudeſſe
ſes vagues contre les
flots de ſon reflux ; ce
choquement de tem-
peſte donna ſi rudement contre les rempars
& chauſſées du Canal, qu'ayant fait breſche
vers Summerſet-shire, la mer s'eſcoula dans
le païs, s'aſſociant & liguant auec la riuiere
Seuern : Ces deux eaux mutuellement aſſi- *Latinè*
ſtées bondirent ſi furieuſement, qu'en moins *Sabrina.*
de deux heures la terre (à l'eſtenduë de vingt

milles,& à la largeur de 4.à 5.) se trouua sous les eaux onze ou douze pieds, & dauantage en plusieurs lieux. Ceste surprise arriua au matin,où les habitans furent en mesme tēps assaillis de danger,de mal-heur & de crainte.

Ce furieux escadron de Neptune en peu d'heures assiegea les villes & bourgades du pais,& en aussi peu les emporta : elles sembloient autant d'Isles emmy les eaux , & en vn tour de teste ne paroissoient plus ; aux endroicts les plus auallez,les tours,les temples, & les arbres representoient des villes soumarines nouuellement descouuertes.

En ce si subit & si impetueux debordement de mer , qui n'eust apprehendé vn autre cataclysme general? car les lieux ioincts à la marge furent en mesme temps assaillis,&

miserablement abismez en ceste tempeste. Hunsielde est vne ville de marché en ladite Comté de Summerset-shire, les autres sont bourgades , & gissent toutes entierement enseuelies soubs les eaux. Ie ne m'arreste en particulier sur les hameaux , maisons champaistres,& logettes villageoises fonduës semblablement dans la mer. Ie passe aussi la perte irrecouurable de quelques terres,pasturages,prairies,& semblables commoditez,dõt le nombre & la condition aggrauét la perte.

En ce ciuil desordre entre la terre & la mer plusieurs hommes, femmes , & enfans ont laissé la vie, desquels aucuns poussez de desespoir en vn danger si voisin eurent le toict de leurs maisons pour derniere & plus asseurée retraicte : mais les flots arriuerent à telle furie, qu'en plusieurs, voire en la pluspart desdites bourgades, les fondements esbranlez ployerent soubs leur fabrique, faisans les hômes sur leurs maisons vn pitoyable naufrage. Les autres grimpoient sur les arbres, mais leurs racines n'estoient pas à l'espreuue d'vn si furieux torrent, dont la violence moissonnoit les forests entieres : tellement que leur dernier refuge estoit de patiemment mourir.

C'estoit vn triste spectacle, de veoir les troupeaux entiers estriuer auec la mer pour leur vie : Là les haras de bœufs, & toureaux, en grand nombre entreinez par la violence du torrent representoient autant de monstres marins ; leur beuglement, comme vn tonnerre de tempeste, faisoit retentir auec estonnement les lieux circonuoisins. Le nôbre du bestail pery en ceste inondatiõ d'eaux est inestimable.

A plusieurs l'hazard fust fauorable, en vn peril où la raison ne voyoit que desespoir : & pour donner quelque chose aux curieux, ie specifieray quelques façons estranges (mais veritables) qui ont esté salutaires à aucuns.

Entre autres, vn pauure pere de famille en l'vne desdites bourgades, auoit sept enfans, lequel, bien empesché à se resoudre en tel danger, pensoit au salut de ses biens : mais comme le torrent multiplioit sur luy, laissant ce soucy, pour pouruoir au salut de sa famille, abandonna son petit hauoir à la mercy de ce rauisseur impitoyable: Or l'affection particuliere qu'il portoit à l'vn desdits enfans, le rendit plus soigneux en ce dãger de celuy-là ; & taschant de luy prester secours, fust repoussé par l'eau, qui auoit ja tellement auancé, que tous ses efforts furent vains : & ayant beaucoup à penser & à faire pour soy-mesme, fust contrainct d'abandonner à ce desespoir ses biens, & ses pauures enfans, & gaigner hastiuement le toict, où il eschappa, non sans danger.

Vn enfant fust porté sur les eaux quelques milles du lieu, où il estoit nourry par le moyẽ de son berceau, lequel (comme l'on les faict en ces cartiers là) estoit de bons ais forts & bien ioincts ensemble : ainsi ledit enfant dãs sa petite barque eschappa miraculeusement ce naufrage.

L'on a de coustume en ces cartiers, de rassembler & amonceler les poix, febues, & autres legumes, & ainsi les garder en herbe : L'eau venant à donner contre, les enleuoit ; tellement qu'on vist flotter sur l'eau vn monceau de poix, sur lequel estoient des pourceaux, qui sans apprehender le danger où ils estoient, faisoient vn si hazardeux voyage en disnant, & furent heureusement rendus à port.

On a aussi veu (cas estrange que le desespoir) des counis en grand nombre assaillis

par

par l'eau dans leur taniere, montez fur des
brebis, comme cheualiers errants emmi les
flots, & faire en fin naufrage auec leurs mon-
tures laffées.

Vn pafteur aux champs auec fon troupeau,
s'eftant apperceu de cefte furieufe armée
d'eau s'addreffer à grands galops vers foy, taf-
choit à raffembler fes brebis efparfes par la
campagne, pour les fauuer auec foy : mais fe
voyant talonné de pres, il fuft contrainct de
les abandonner, & gaigner vn arbre, pour
penfer à fon propre falut, qui n'auoit autre
addreffe. Là tout efpleuré, il fuft fpectateur
du miferable degaft de fon troupeau, le voyāt
tout autour de foy à la nage, beflant & comme l'appellant à l'aide : lors tout efperdu, fe
frappoit la poitrine, s'arrachoit les cheueux,
& pour tout fecours, accompagnoit les cris
& lamentations de fes brebis mourantes, par
des pleurs & vains gemiffements : bref les
voyant rauies de deuant foy, & n'ayant autre
object à confiderer, que fa mifere, il redou-
bloit les larmes, venant derechef à recourir
fur fa piteufe tragedie : il auoit auparauant
craint les eaux, mais lors la fin l'efpouuan-
toit de loing : & bien que fon biffac ne fuft
vuide, la prouifion toutesfois n'eftoit pas
baftante pour fouftenir long temps ce fiege
en ce boulleuard. Finalement eftant aux ab-
bois auec vn troifiefme ennemy, à fçauoir le
froid, & comme preft à fe rendre, il defcou-
urit de cefte fentinelle vne barque deftinée

au secours de tels miserables, il l'appelle au
sien, & recouura sa vie, qu'il auoit abandonné au desespoir.

Vn Gentil-homme Protestant, surpris de
ceste tempeste se retira sur vn arbre, auec sa
femme, & vn lacquay, qui estoit de Troyes
en Champagne & Catholique. Ce Gentil-
homme ayant peu d'asseurance en cest arbre
s'azarda à la nage, d'aller querir vn basteau
qui flottoit sur l'eau : lors ce pauure garçon,
ayant son seul & dernier recours en Dieu,
s'addressant à sa maistresse. Or priez mainte-
nant Dieu (luy dit-il) à vostre mode, & en
quelle langue que vous voudrez, ie le prie-
ray à la mienne:& commença à faire le signe
de la croix, & prier à la façon de l'Eglise Ca-
tholique:Son maistre cependant arriue auec
le batteau,où ils furent tous sauuez.

L'inondation de Bristovv.

AV mesme mois de Ianuier, enuiron le
temps de l'inondation susdicte, l'Ocean
extraordinairement esmeu surpassa ses bar-
rieres & rempars, se campant par tout le
pais circonuoisin.

Toute la contrée de Brent-marsh est soubs
les eaux,& entre Barstable & Bristovv la mer
s'enfla à la haulteur de Bridgevvater l'estendue de dix milles en auant, l'on desespere de
iamais ne reuoir ce pays.

Plufieurs marchands de Londres, Irlande
& autres endroicts, à caufe de la Foire de
fainct Paul, qui eft folemnelle à Briftovv, &
eftoit proche, auoient faict conduire plufieurs fortes de marchandifes, lefquelles furent bien toft debitées, & butinées par ce ra-
uiffeur, à la ruine & defolation de plufieurs:
la perte eft ineftimable.

Plufieurs maifons furent entierement de-
racinées, & comme vaiffeaux alloient demy
noyées flottãt fur les vagues. Tous les fruicts
auffi auec les denrées du pays ont efté mife-
rablement rauis & entreinez par l'eau, auec
les troupeaux : les bœufs engraiffez, qui
eftoient trop pefants à la nage s'arrefterent
au fond, où plufieurs hommes, femmes &en-
fans font demeurez enfeuelis : l'eau qui va
tous les iours regorgeant leurs charongnes,
monftre que c'eft aux hommes que Dieu en
vouloit.

La miraculeufe deliurance d'vn gentil-homme.

A Quatre milles de la mer, entre Berfta-
bles & Briftoir, vn gentil-homme fe
proumenoit vn matin parmy fes fonds, &
iettant fa veuë du cofté de l'Ocean, s'arrefta
tout eftonné de veoir vn changement eftrã-
ge furuenu en fon pays, que la mer alloit de-
uorant : Les maifons, collines, vallées, bois,

prairies, terres, & semblables objects de sa re-
marque iournalliere ne paroissoient plus:
telle nouueauté luy faisoit dementir ses yeux
prenant des nuages & brouillars pour des
vagues: en fin s'arrestant plustost au sens qu'à
son imagination, se retira hastiuement, & à
pas redoublez au logis, aduertist sa femme du
danger qui les menaçoit de pres: & mist toute sa famille en deuoir de charger ce qu'vn
chacun pourroit, afin de sauuer quelque par-
tie de ses biens: mais cest ennemy debridé ne
leur donna pas ce relasche, il fust plustost à la
porte, que leurs pacquets ne furent troussez,
il fallut quitter ce soucy, pour pourueoir à
leur salut: les fardeaux & charges seruirent à
aucuns, pour estre soustenus quelque temps
sur l'eau, & prolonger leur naufrage. Ce
Gentil-homme, sa femme & ses enfans accoururent diligemment au plus hault estage
du logis, se perchans sur deux foliues tout es-
perdus, & ayans abandonné leurs sens à la
frayeur, commençoient ja à mourir à l'aspect
de la mort. Ce pauure pere de famille en telle perplexité s'auisa d'vne bougette, où
estoient les papiers & acquisitions de ses
fonds, & auec grand hazard de sa vie l'alla
querir & la lia fermement à l'vne desdictes
foliues, à celle fin (disoit-il) que quoy qu'il
arriuast de soy, & de ses biens, l'eau venant à
se vuider, il eust moyen de rentrer en paisible
possession d'iceux, si la fortune luy reseruoit
sa bougette. Au milieu de ce triste confort, la

mer se roidissant plus fort renuersa de fonds
en comble la maison:tellement,que qui n'a-
uoit peu gagner le dessus, mourust double-
ment, accablé & noyé. Ce fust vn piteux &
lamentable depart du mary d'auec sa femme,& de tous deux d'auec leurs enfans, Ce
Gentil-homme ayant par fortune attrappé
vne branche ou rameau d'arbre, monta dessus,& gallopast en ceste sorte l'espace de 3.ou
4. milles : Iusques à ce,que conduict à la riue
d'vne colline,il mist pied à terre grimpant en
hault, d'où il descouuroit la sanglante tragedie qui se passoit deuant ses yeux, sur sa femme, ses enfans,& sa famille, contribuant de
l'eau & des larmes en abondance au torrent où ils estoient miserablement suffo-
quez:Là il caressoit la mort, se lamentant, &
formant des pleintes contre sa deliurance, &
sa vie si calamiteusement reseruée. Mais fortune contente de tels mal-heurs fist flotter
deuant soy sa bougette, auec la soliue, où il
l'auoit attachée, deuant luy : estimant peu
d'hazarder vne vie si miserable,monte de re-
chef sur le rameau,qui l'auoit conduict,pour
retirer sadicte bougette, ce qui luy succeda
heureusement , & sortit miraculeusement
pour la seconde fois des vagues de la mer : se
monstroit-elle pas cruellement pitoyable en
son endroit?

B iij

D'vn autre Gentil-homme, lequel ayant vn
voyage à faire à cheual, l'accomplist
monté d'vne estrange façon.

VN aultre Gentil - homme , lequel estoit nouuellement marié , demeurant en ce mesme pays, s'aduisa vn iour de picquer iusques à vne ville proche du lieu où il estoit, pour se resiouïr auec ses amis; son cheual à cest effect l'attendoit à la porte, sellé & bridé; luy - mesme auoit ja vne botte en iambe, & s'apprestoit à chausser l'autre, quãd ceste tempeste le surprist inopinément : Lors ce voyage par terre fust rompu , & se deuoit accomplir par eau, ou nullement : La mer auoit desia ceinte toute la maison, auoit forcé les portes, & s'estoit violemment mise en possession de toutes les chambres, tellement que luy demy à cheual, eust plus de recours à ses iambes, qu'à sa monture, pour hastiuement gaigner le toict : où mesme estant poursuiui de l'eau, il s'aduança iusqu'au feste, où il auoit resolu de tenir bon pour sa vie : Neptune voulant experimenter ce cheualier, separa le dessus du logis d'auec le reste, le laissant aller & voguer à la discretion des ondes : Ce pauure Gentil-homme, sur vne si rude monture, sans bride & sans freins , se prenoit aux crins de la beste, assauoir aux tuiles, & alloit à courbettes sur ceste pleine spacieuse, iusques à ce qu'il arriuast en la ville mesme où il auoit deliberé ce matin de s'acheminer: mais il n'y vint (ce qu'il n'euſt peu comprendre auparauant) ny à cheual, ny à pied, ni à la nage, ni par batteau.

Pluſieurs ſemblables Tragicomedies ont eſté repreſentées ſur ce large eſchafaut de mer ; le recit ſeroit de trop longue haleine, ceux-cy pourront ſuffire, pour tirer conſequence des autres, & faire auoir quelque reſſentiment des iugements de Dieu, & donner à entendre, qu'il eſt courroucé : qu'ils ſuffiſent donc auſſi, pour rendre les hommes plus ſoigneux à deſtourner ſon ire.

Inondation ſuruenuë en la Comté de Norfolke.

LE pays de Norfolke participa auſſi à ce deſaſtre, qui luy ſuruint le 20. du meſme mois de Ianuier : la tempeſte arriua de nuict en larron, & fuſt découuerte par des larrons: car s'eſtans deux compagnons acheminez de nuict en quelques paſquis, pour enleuer du beſtail, apres auoir faict quelque butin, ſe ſentirent ſoudainement pourſuiuis, non pas de commiſſaires, ou archers, mais d'vn furieux torrent d'eau, laquelle s'eſtoit fourrée en la campagne, vers vn lieu dict Marchland ; ils furent contraincts d'abandonner leur proye, laquelle fuſt confiſquée aux eaux. Ces deux galands voyans le danger qui me-

naçoit la ville, y accoururent en poſte, &
apres auoir eſueillé le marguilier de l'Egliſe,
ſe mirent à ſonner le tocſin, pour aduertir le
peuple du peril : à l'ouye des cloches, chacun
s'imaginant que le feu fuſt en quelque lieu, ſe
leuoit en chemiſe, crioit & demandoit de
l'eau, ignorans qu'ils n'en auroient bien toſt
que trop : ce qu'eſtant arriué auec grand
frayeur & eſtonnement de tous, vn chacun
ſecouant ſes yeux, ſans regarder où eſtoient
ſes chauſſes, ſe ſauue, qui ſur ſon toict, qui au
clocher, qui ſur vn arbre, qui ſur vn tertre,
qui d'vne façon, qui d'vne aultre, tous pouſ-
ſez de leur intereſt particulier: ceux-cy furent
ſurpris au jeu, ceux-la à la table, les autres au
lict, le mary gagnant au pied ſa femme au
col, le pere portant ſes enfans, les enfans
leur pere, tandis que ce rauageur effroyable
demoliſſoit leurs maiſons, & addreſſoit ſa furie à chacun, ſans auoir égard à l'âge, ſexe, &
condition : bref ceſte nuict pleine de confu-
ſion, fuſt comme vne image de ceſte tant ca-
lamiteuſe ſerée de Troye.

En ceſte tempeſte peu de gens perdirent la
vie, ſinon ceux qui eſtoient trop ſoigneux de
leurs biens, car penſans tout ſauuer ils perirent tout.

La matinée venuë, le iour leur fiſt veoir la
calamité de leur pauure ville, enſeuelie dans
les eaux: les vns remarquoient quelque bout
de leur cheminée, qui auançoit ſur l'eau, les
autres leurs toicts; ceux-cy recognoiſſoient
leurs

leurs meubles flottans à la merci des ondes,
ceux-la voyoient leur beftail s'efforcer en
vain à gagner la riue : en fin comme le mal-
heur eftoit commun en ce defaftre, nul
n'eftoit exempt de quelque particuliere calamité.

L'eau non contente de ce rauage, fe rua
fur deux autres petites villes prochaines, qui
furent pareillement deftruites, fauf que les
citoyens ayans preueu fon arriuée, s'eftoient
fauuez auec leurs biens fur des montagnes,
abandonnans leur maifons vuides à la merci
de la tempefte.

La ruine de ces trois villes apportaft grande defolation à tout le pays, ioinct le degaft
de toute la campagne, auec le rauiffement de
leurs denrées.

Tous les pafturages, à l'eftendue de douze
milles, furent inondez, & vne multitude de
beftail innombrable y perift : quelques brebis
efchapperent fur vne montaigne voifine,
dicte Thrunehill : mais c'eftoit comme tomber de la poile à la braife, car ladite monta-
gne eft fort haulte, & eftroitte au deffus, ref-
femblant à quelque rocher en mer, & eft toute ceinte d'eau, laquelle ne peut eftre trauer-
fee à gué, pour fon haulteur, ny par batteau à
caufe des vieux troncs & arbriffeaux qui
font à trauers : tellement que les pauures
beftes, qui s'eftoient rendues fur cefte mon-
tagne, la tondirent & fourragerent en telle
forte, qu'il ne leur reftoit plus que la terre

toute chauue & depourueuë d'herbes &
bois : ainſi eſtoient ces pauures animaux re-
duicts à vne extreme famine & diſette de vi-
ures, qui diminuoit d'autant que leur faim
augmentoit:elles appelloient à leur aide par
vn beſler pitoyable leurs maiſtres & paſteurs
qui ne pouuoient trouuer moyen de les ſe-
courir : mais en fin, s'eſtans faict voye par ce
marais, couppans auec grande difficulté les
bois & hailliers d'icelui, conduirent vne barque vers ces brebis affamées, leſquelles contre leur naturel timide, s'hazardoient à corps
perdu dans l'eau , pour aller au-deuant de
ceſte barque : à l'exemple d'aucunes toutes y
accouroient à la nage ſi eſpais, que le batteau
n'eſtant capable de toutes, pluſieurs eſtoient
noyées meſme à coſté d'iceluy, eſtant trop
affoiblies & mattées de la faim, pour faire
long effort ſur l'eau:tellement que d'ores en
la on delibera de leur fournir du foin ſeule-
ment & du fourrage,pour viure & les remet-
tre en leur poinct : nonobſtant cela, la pluspart eſt morte, & peu ſont eſchappées.

V vailes.

Inondation arriuée à Monmouth-ſhire au
pays de Gaules.

AV meſme mois de Ianuier paſſé, la mer
extraordinairement eſmeuë des vents
s'eſleua par deſſus ſes limites , regorgeant
auec furie dans le pays circonuoiſin,à l'eſten-

due de 24. milles en auant & de cinq en lar-
geur:les parroisses suiuantes sont demeurées
pitoyablement enseuelies soubs ceste tempeste.

25. En
nombre.

Matharne	Gouldenliste
Portescuet	Nashe
Caldicot	Sainct Peire
Vndye	Lanckstone
Roggiet	Vviston
Lanihangiell	Lan Verne
Ifton	Christchurch
Magor	Milton
Bedvvicke	Bashallecke
Saint Brides	Romney
Peterston	Marshfield
Lambeth	Vvilfricke.
Sainct Mellins	

CE Discours seroit hors de mesure, & le
denombrement du degast ennuyeux, si
ie m'arrestois à specifier les bastimens demo-
lis par ce rauage, & la perte de tous les biens
imaginables, causée par ce deuoyement de
mer: i'en laisse la croyance au Lecteur, laquelle à peine pourra fournir à la verité du
faict. L'on a tasché de supputer la valeur du
dommage, lequel a esté estimé à cent mille
liures sterlings, sans y comprendre la perte
des fons, lesquels on desespere de iamais, ou
rauoir, ou reuoir en son premier point, comme estant autrefois des plus abondans & fer-

Vne liure
sterline en
vaut dix
de France,
tellement
que cent

mille li-
ures fter-
ling font
dix cent
mille
francs.

tiles de toute l'ifle, & duquel le reuenu an-
nuel arriuoit à plus de quarante mille liures
fterling.

Quant aux hommes, plufieurs de tout aa-
ge, fexe & condition perirent, & plufieurs efchapperent auffi par des façons eftranges, &
admirables. Entre autres l'on rapporte d'vn
homme & d'vne femme, lefquels s'eftans re-
tirez fur vn arbre, n'ayans deuant les yeux
que l'horreur d'vne mort affreufe, apperceu-
rent de loing vne cuue, large & fpacieufe, laquelle s'addreffoit à eux, & vint finalement
(comme conduite par prouidence diuine)
s'arrefter fur leur arbre, & s'embarquans en
icelle, furent rendus à port.

Vn petit enfant, aagé enuiron de quatre
ans fuft pris tout en chemife fur vn rameau,
qui le portoit, auec vn pouffin dans le fein: il
eft à prefumer que la chaleur de ce petit ani-
mal ayda beaucoup à ce pauure enfant, abandonné tout nud à la rigueur d'vn tel froid.

Vn autre fuft rendu à terre dans fon berceau, fur lequel s'eftoit auffi fauué vn chat,
qui alloit fautelant d'vn cofté dudit berceau
à l'autre, pour le tenir en egale balance, contre les flots qui le faifoient chanceler, comme s'il euft efté ordonné pour gouuerneur &
pilotte de cefte petite barque.

L'inondation arriuée aux Comtez de Glocester, & Herford, & plusieurs autres endroicts sur la coste de Gaules.

IE n'ay encor rien peu apprendre d'asseuré en particulier de ceste inondation, tellement que ie me contenteray d'en faire mention en general, pour donner entier aduis au Lecteur de tous les lieux qui ont participé à l'affliction de ceste tempeste, laquelle n'a esté plus douce aux places susdictes, qu'aux autres, sur lesquelles se poutra tirer l'idee des degasts & mal-heurs pareillemét y suruenus.

LEcteur ne t'estonne des miseres & calamitez, qui te sont representées en ce discours : estonne toy d'vne iustice si retenuë: le reste de l'isle, nostre France, l'Europe, le mõde vniuersel en merite-il moins ? nos pechez montent deuant Dieu, & retombent sur nos testes, comme la vapeur qui s'esleue en hault & reuient fondre en terre d'où elle estoit sortie: comme ne font-ils donc derechef ouurir generalement les cataractes des cieux, puis que leur estendue est si generale? mais ce bel arc azuré dans le pourpris des nues, où est escript le traicté de paix à iamais inuiolable entre la terre & l'eau, nous asseure de ne passer plus par ce torrent vniuersel: Dieu a d'autres satellites, & executeurs de sa iustice, pour tirer vengence de nos crimes, quand bon luy

sembleroit : mais, comme Pere, il adoucy
son courroux enuers des enfans rebelles : &
indignes de ce tiltre, au lieu d'vne espee se
contentent d'vn foüet, pour les sangler : l'Angleterre, comme tu vois en porte les mar-
ques : & sera, ie crains, à l'aduenir plus grief-
uement chastiée, si elle ne faict son profit de
ceste correction. Nous sommes François, &
leurs voisins ; tremblons au chastiment de
nos compagnons & freres, car nos demeri-
tes ne sont moindres en leur espece que les
leurs : preuenons la rigueur de nostre Pere
par penitence & amandement, si nous n'ay-
mons mieux (abusans du delay & exemple
que nous auons) tomber plus seuerement en
ses mains.